Joséphin Péladan

AF143115

De l'androgyne

NOTE

Le thème de l'Androgyne a une grande importance pour l'étude simultanée des doctrines et des ouvrages du passé. Réunir dans le cadre étroit de cette série les deux aspects de cette transcendantale question eut été une véritable gageure.

On ne trouvera ici qu'une brève énonciation de la théorie plastique.

Pour la théorie morale qui en découle (car une doctrine de bon aloi ne se borne pas à des images dignes de contemplation, elle propose des desseins dignes d'application) il faudrait nécessairement un autre discours.

Cela est dit pour prévenir quelques reproches, possibles et même légitimes.

P.

DE L'ANDROGYNE

Si on écrivait une histoire de la beauté, il faudrait bien conclure et dégager, des variétés de temps, de race et de lieu, la conception foncière de l'esprit humain.

Il y a de fortes raisons pour que le sentiment universel et permanent exprime la vérité : il manifeste du moins le génie de l'espèce.

Cette colossale entreprise de satisfaire aux besoins spirituels qu'accomplissent les prêtres et les artistes, depuis qu'il y a des sociétés, représente le titre suprême de l'homme à l'immortalité. Nous sommes d'accord sur la morale qui est nécessaire, nous différons sur la beauté qui semble inutile au plus grand nombre. L'illettré possède souvent une notion exacte de la justice ; l'homme se trouve fatalement appelé à être juge, à se comparer aux autres ; et le droit apparaît comme la fleur spontanée de la conscience. Le premier venu se révèle compétent en beauté morale ; d'abord il peut la produire en lui-même, sans initiation, ensuite elle lui représente un bénéfice possible. À entendre le récit d'une probité, d'un dévouement, d'une magnanimité, on se rassure sur l'inquiétante perversité de l'espèce, on rêve d'un bon domestique ou d'un ami sûr, ou d'une protection généreuse.

La Beauté se manifeste au commun des hommes, sous les traits de la Concupiscence. On dit une beauté pour désigner une femme, quoiqu'il n'y ait aucun rapport réel entre le beau et le sexe. Des siècles de littérature et de galanterie ont sexualisé l'esprit occidental, qui a renversé la pure statue des initiés pour installer sur son piédestal le banal symbole l'instinct.

Pour découvrir l'opinion du plus grand nombre, il suffit de presser les expressions courantes et d'en faire jaillir, purulence de bêtise, l'idée de ceux qui ne pensent pas. Les clercs abominent les nudités, comme si le nu était par lui-même vicieux.

Au moyen âge et plus spécialement au XIVe siècle, une spiritualisation étonnante se produisit dont saint François le stygmatisé avait été l'initiateur radieux ; les mystères des confrères de la Passion se réverbérèrent dans l'œuvre d'art qui cherche le pathétique exclusivement On pleurait trop devant les Pietà pour songer à la beauté du corps : les larmes voilaient le regard, tourné à l'intérieur, contemplant une autre beauté : mais distribuer des caleçons dans le Jugement dernier de Michel-Ange, c'est un acte de pusillanimité qui contredit en même temps, à l'esthétique et à la foi. À l'époque de l'art pour l'art, et moins que cela, de l'art pour le métier, on croit que les Grecs faisaient du beau pour du beau : ces formes que nous admirons sans les comprendre, comme le terrassier dont la pioche rencontre une inscription aux lettres magistrales les apprécie sans pouvoir les lire ni les traduire, — ces formes ne sont pas que des corps, comme celui que pétrit Prométhée sur les sarcophages et les camées. Athénée, déesse védique de l'Aurore et de l'intelligence donnera l'âme.

Sans doute les victoires du musée de l'Acropole chantent de véritables odes linéaires, mais il n'est pas sûr qu'elles soient seulement lyriques.

Le symbolisme a duré jusqu'à la Révolution : cette assertion nécessaire exigerait un fort volume de démonstration : on accordera peut-être que l'Orient blasonnait c'est-à-dire incarnait une idée dans une forme.

I

EN ÉGYPTE

La plus ancienne figure qu'il soit donné à un homme de contempler, l'an 1910 de Jésus-Christ, est ce colosse de cinquante-trois mètres, taillé au bord du plateau libyque, à Gizeh. Il est antérieur à la pyramide de Khéops, et antérieur aussi à la création de l'homme selon Dupuy, qui, donne tranquillement la date de 4.138 pour la naissance d'Adam, dans un manuel de 1850. Ce détail d'un comique spécial marque la nouveauté des éléments historiques dont nous disposons. Victor Hugo ne dit pas grand-chose, à son habitude, quand il écrit :

Ce n'est pas d'encensoirs que le sphinx est camus.

Car, Khoufou le trouva en ruines, et une stèle nous parle de ses offrandes ; Thotmes VI lui offrit l'eau et le feu et à travers les siècles il fut restauré, même sous les Ptolémées, même sous les Césars.

L'art commence par un monstre : Androsphynx dit l'archéologue. Mais il a des mamelles ! Gynosphynx ? Mais il a un corps de lion, et sous le menton, le tasseau hiéroglyphique de la barbe et du principe même ; puisque les reines et les régentes se l'attribuent à leur arrivée au pouvoir. Zodiacalement cette figure unit le signe de la Vierge à celui du Lion. Une tête d'homme, une gorge de femme et un corps de félin ou de chat colossal. Si on réfléchit au problème matériel que l'artiste devait résoudre : tailler une figure dans un rocher, réaliser un colosse rupestre car le sphinx est le roc même du plateau avec des revêtements : on sera frappé de l'inconvenance de la forme à sa destination. Il y a là une complexité d'éléments que l'esthétique ne légitime pas et l'artiste a certainement voulu dire quelque chose de plus que la statuaire ne comporte. Le Sphynx n'est pas seulement une *bonne beste*, un monstre bienfaisant. D'abord est-ce un monstre ? Tête d'homme, mamelles de femme, corps de lion. Cela se lit couramment, pensée, passionnalité, instinctivité. La tête pense, le sein suscite le désir d'où naît la passion et son fruit la génération, et l'animalité reste la forme de l'homme. On pourrait motiver le corps léonin comme une invention plastique, mais plaquer des seins au-dessous du tasseau figuratif de la barbe implique une conception doctrinale, simultanée avec une volonté décorative. La désignation d'Androsphinx est littéralement fausse, c'est androgynosphinx qu'il faut dire.

Le plus ancien monument de la forme représente l'androgyne. En ce lointain, sans date numérique, les idées n'étaient pas morcelées et individualisées comme aujourd'hui ; l'œuvre d'art ne s'adressait pas à des amateurs, elle présentait un sens perceptible pour tous et un autre imperceptible hors de l'initiation. Les mythes ne servent pas seulement d'enluminures de fantaisie élaborées par la caste sacerdotale pour amuser la foule : ce sont des poèmes écrits « par dedans et dehors » et dont le relief, grossier souvent, correspond rigoureusement à la subtile conception.

L'Androgynosphinx représente l'humanité confiante en la résurrection que manifeste chaque aurore.

Ésotériquement il représente l'état initial de l'homme[1] qui est identique à son état final. Il lui enseigne le principe d'évolution et le secret du bonheur. Ce principe consiste en la recherche complémentaire d'un réflexe identique et ce secret se déchiffre aisément par le mot amour qui consiste héraldiquement dans le rapprochement de la barbe et des seins, dans l'androgynisation passionnelle. Le Sphinx incarne la théologie complète avec la solution des origines et des finalités, *credo* de pierre plus synthétique et plus clair que les rédactions conciliaires.

Passant de l'examen d'aspect à l'étude de l'expression nous découvrirons que cette figure sourit en contemplant le point du ciel où le soleil se lève : elle sourit comme le saint Jean de Léonard, spirituellement.

Les plus beaux visages de l'Hellade portent tous un voile de divine mélancolie ; la sérénité, que leur attribuent les manuels, n'est que relative aux grimaces passionnées des têtes modernes. L'immortel hellénique est heureux, en ce sens qu'il ne peut être atteint par la maladie et la mort. Mais il voit le mal autour de lui et jamais il ne sourit. Impassible et sans espérance, limité en son immortalité, le dieu grec n'est qu'un homme à l'état de perfection et son regard non orienté plane sans aspiration, sans complaisance que pour lui-même. N'est-ce pas conforme au mythe plein d'adultères et de désordres, de stupres et de cocuages, de compétitions ? Apollon n'est pas aimé ; Hephaïtos est trompé, Zeus subit les tracas de l'époux infidèle et entre les deux grandes déesses, Athénée et la sentimentale Aphrodite, c'est un guerroiement sempiternel, sur l'échiquier où les hommes servent de pièces.

Le sphinx sourit à son devenir illimité ; il a reconstitué son unité sexuelle, étant homme et femme, il sait qu'il reconstituera un jour son unité originelle,

---

[1] J'ai longuement étudié ailleurs le chapitre de la genèse qui représente certainement une version égyptienne exploitée sous le nom de Moïse et le Symposion de Platon qui fournit la forme aryaque du même mythe. *Comment on devient fée*, in-8° 1892.

9

car il est homme et dieu, dans la mesure même de l'involution à l'évolution. Un dogme anime la plus vieille figure que nous connaissons, un dogme qui fut le fond des autres dogmes, en établissant avec clarté le plan du devenir.

La synthèse plastique des sexes n'est pas fille du génie artistique : formule sacrée elle a été imposée à l'artiste qui a su la résoudre magnifiquement. La graine d'où jaillit une forme a toujours été une idée, ici surtout où il fallait combiner des éléments que la nature n'offre qu'à l'état épars et antithétique.

L'Égypte ne nous a laissé que les statuettes de ses dieux : la statue est le privilège du pharaon, qui est du reste un dieu consort, car l'adoption divine concomite avec sa naissance.

Dès la deuxième dynastie, le type royal s'androgynise, la taille s'affine et s'élance, tel le Ramsès II de Turin. Une grâce éphébique, un type juvénile se maintient ou plutôt s'accuse, jusqu'à Amasis.

Dans les peintures et les gravures murales (car le trait du ciseau souvent creuse la ligne sans donner de saillie à aucune partie), le profil ne différencie le sexe que par le contour du sein et la coiffure. Isis et Nepthys imposant les mains au pharaon, ne se distinguent de lui que par les attributs et la gorge. Quel que soit le dieu Thot ou Horus ou Osiris ; quel que soit l'acte du roi, qu'il présente l'offrande, qu'il charge sur son char, qu'il sacrifie les vaincus ou qu'il caresse le menton d'une femme, la plastique exagérément mince et svelte se maintient. Il en est de même pour les représentations du Zodiaque ou d'une procession. Un poncif aussi constamment appliqué à travers les dynasties ne représente pas seulement une routine mais une vision particulière du corps humain ou plutôt une conception de sa beauté. On ne peut accuser le hiératisme d'avoir donné au pharaon tirant de l'arc le même bras mince d'Isis élevant un symbole, et sa taille qui semble porter la trace du corset ; car d'autre part les prisonniers, les tributaires présentent des accents ethniques très observés. Nous trouvons ici cette conception de l'art chrétien dans la figuration des anges, que l'être qui agit comme mandataire d'en haut n'a pas besoin de force physique, il fait le geste et non l'effort ; il appelle la force d'en haut et elle descend. Il agit, sa puissance verbale le dispense de force physique.

II

EN KALDÉE

En Kaldée, la tête et le visage sont rasés, le vêtement est long et ample; les têtes de la collection Sarzec quoique un peu rondes et lourdes ont encore un caractère androgynesque. L'Assyrie s'affirme masculine, musclée, barbue depuis son taureau ailé jusqu'à l'Assourbanipal le tueur de lions. Seuls, les cylindres présentent des sveltesses de formes peut-être attribuables à l'exiguïté du champ dont l'artiste disposait. Partout où domine l'élément sémitique, l'androgynisme ne paraît pas ou bien il décèle un apport aryaque. Il n'y a pas d'art phénicien quoique beaucoup d'objets soient de fabrication sidonienne, d'après des modèles égyptiens ou assyriens, mais il y a un art Chypriote où l'on trouve le fameux geste de la Vénus de Médicis et les statues votives du temple d'Idalie (musée de New-York). L'androgynisme, comme toute vertu plastique est susceptible de se transformer en un vice correspondant sous la volonté perverse de l'artiste: le type gras et efféminé du torse de Sarfend, au Louvre, le buste d'Amrit, les statues de Dahit et d'Athiénau accusent une lascivité molle, une hésitation sexuelle qui, au lieu d'idéaliser la forme, la sexualisent et même la vicient: et ce que nous savons des mœurs corrobore l'impression donnée par les œuvres: toutefois, l'influence hellénique, une exode troyenne qui aurait mêlé des Aryas aux Kypriotes expliquent l'aspect des œuvres que je viens de citer.

Plastiquement, on n'interroge pas un pays comme la Chine, qui a pour signe du bonheur l'obésité, ni l'Inde visionnaire, qui ose la multiplicité des membres et applique le procédé qui a servi à travailler les poutres du tope à tout le flanc d'une montagne. Cependant le Bouddha revêt souvent le type juvénile.

L'art persan n'a pas connu le corps humain, il ne sort pas des thèmes royaux pris à l'Assyrie; les dariques et autres monnaies, peut-être frappées par des Phéniciens, sont de coin grec.

III

EN GRÈCE

L'androgynisme, synthèse plastique, devait trouver sa forme parfaite chez ces Grecs, les esprits les plus synthétiques qui aient existé. De l'Apollon de Piombino à l'Apollon de Pompéi ; de l'Hermès de Praxitèle à l'Éros de Centocelle et au Narcisse de Naples, l'art suit la combinaison des sexualités pour atteindre à une unité expressive. Cela est fort sensible dans les têtes. L'Apollon de Piombino avec son curieux catogan donne un profil de fillette immédiatement suivi d'un cou court et large d'athlète. Les têtes juvéniles surmonteraient indifféremment un corps de vierge ou d'adolescent. La Minerve de Sélinonte est un beau jeune homme à qui on a mis de la gorge ; la Minerve Albani, copie d'un original antique, a été posée par un homme. Si on étudie le fameux bas-relief représentant Hermès ramenant Eurydice à Orphée, on s'apercevra que les costumes seuls différencient les trois personnages, traités selon la même règle.

La Grèce suivait un canon de la figure jeune qui se manifeste dans les Apollon, dans les Artémis ; et il n'y a pas de Diane dont le corps, les seins abaissés, ne puisse devenir un Apollon, ni un Apollon qui par une retouche des pectoraux ne soit susceptible de se changer en Diane. Quelle différence y a-t-il entre une amazone et l'Alexandre du sarcophage de Constantinople ? Avec Polyclète, le canon qu'on prend pour seulement proportionnel fut en réalité un canon bisexuel déterminant la part de la jeune fille et du jeune homme dans la formation du type idéal.

Le gymnase n'a jamais fourni des modèles de beauté ; notre époque possède dans les publications sportives une documentation précieuse. Si l'on compare le Diadumène de Délos, le Thésée et l'Arès du Louvre, aux photographies d'après nature, on s'apercevra d'abord qu'il n'a ni gras ni maigre en statuaire, ensuite que tout le corps a été accordé avec la partie la meilleure. Les actuels adeptes de la culture physique pèchent toujours ou par lourdeur ou par sécheresse. Ils réalisent les mêmes prouesses chantées par Pindare mais ils ne pourraient monter sur un socle antique. Ils s'entraînent, il est vrai, pour produire un effort et non pour aboutir à une proportion idéale : tandis qu'à Athènes, la plus haute culture intellectuelle concomitait avec l'exercice physique.

Nous nous figurons mal le jeune Sophocle nu chantant le péan de Salamine ;

nous ne nous figurons pas du tout le public applaudissant sincèrement, esthétiquement, dans un enthousiasme cérébral, une baigneuse de Trouville ou de Dieppe. À nos yeux, le nu n'est que le déshabillé, tandis que, pour les Grecs, c'était l'état héroïque, olympien et sacré.

Le gladiateur combattant d'Agasias, au Louvre, si classique pour l'enseignement des proportions en mouvement, donne la mesure des modifications que les artistes helléniques faisaient subir à la réalité. Rapprochez ce corps si svelte, où la force se cache, de n'importe quel instantané de lutteur, et vous comprendrez pourquoi nos modernes hercules sont laids, quand ils ne sont pas hideux. Ce que la réalité nous donne parfois, c'est le bronze lourd du pugiliste des Thermes, d'une brutalité telle qu'il ne saurait représenter que la vieillesse d'Hercule.

«La meilleure gymnastique», dit Platon, «est sœur de la musique simple.» La Grèce n'admirait complètement que l'homme de cinq combats, le penthalte, parce qu'il était tout à fait proportionné. Le coureur voit ses jambes grossir et ses épaules se rétrécir, tandis que le pugiliste a d'énormes épaules et des jambes médiocres. Aristote enfin le déclare, les penthaltes sont les plus beaux des hommes car ils ont à la fois la souplesse et la force. Nous n'avons pas de statues olympioniques primitives, mais combien de dieux des glytothèques ne sont que la copie d'une figure d'athlète!

Les Apollon archaïques de Mélos et de Milo, de Tenée, tendent au même idéal que le Thésée d'Olympie ou l'Apollon du Belvédère.

De lourds biceps, de larges mollets, toute disproportion était une laideur pour les Grecs. Ils voulaient que la force fût invisible sous la beauté: ce qui n'est possible que dans la jeunesse, à condition que toute graisse disparaisse et que l'homme ne soit plus qu'un réseau de muscles. C'est ignorer à la fois l'art et la médecine, de croire que les personnages de Michel-Ange représentent plus de force réelle que les Apollon et les Mercure. On s'aperçoit au Musée de Munich, en face d'une précipitation des Damnées par Rubens, que le coloris froid du Florentin sauve seul le caractère adipeux de ses figures qui deviendraient insupportables, avec la coloration correspondante à leur état édématique.

La graisse est une gangue, elle ne plaît qu'aux Chinois, ces décadents, et aux Turcs, ces barbares, et qui dans toutes les races va aux hommes stupides et bestiaux. Rien de plus contraire à l'art véritable que la viande de premier choix des Flamands et ces chairs de boucherie dans le domaine allégorique. La vulgarité et l'embonpoint vont de pair: ils disconviennent à la réserve et à l'action. Une figure trop charnue ne se sauve que par un nom illustre. On accepte la tête de satyre de Socrate, mais si on ignorait que c'est lui, on refuserait d'y voir la face d'un philosophe.

La race qui jugeait qu'il fallait la course, l'équitation, le lancement du disque, la lutte corps à corps, et la lutte du ceste (gantelet plombé) pour la perfection d'un athlète, devait juger aussi qu'il fallait plusieurs traits pour représenter un olympien : le premier était la jeunesse, le second la force et le troisième la grâce. N'oublions pas qu'Achille à Scyros se trouve mêlé aux vierges ce qui démontre que dans l'esprit d'Homère, l'Androgyne, le jeune homme gracieux existait déjà, comme conception.

Prenez une photographie de la Vénus de Milo et remplacez, en quelques traits d'aquarelle, les seins par des pectoraux, vous aurez une figure mâle : cette expérience serait plus décisive sur la Victoire de Samothrace.

Tout se tient harmonieusement dans la création : et si les initiations assurent unanimement que l'homme n'est parfait que par la réunion des deux types sexuels au point de vue de la vie morale, la même chose sera vraie de son aspect physique.

L'homme général a des angles aigus et des mouvements également pointus et brusques : or, l'angle abolit la grâce, l'angle brutalise la forme ; la femme générale a des courbes trop molles et des mouvements indécis et multipliés. Figurez un homme moins anguleux et aux mouvements courbes et solidaires les uns des autres : vous aurez de la grâce, car la courbe l'engendre. Figurez une femme aux courbes fermes et aux mouvements précis et raisonnés : vous aurez une impression de force et de conscience.

Comme l'art ne doit représenter que des héros ou des héroïnes, des allégories ou des personnifications, il n'y a pas d'autre mode d'héroïser que masculiniser les muses et de féminiser les dieux : la proportion qu'on apporte à cette mixture est indicible puisqu'elle constitue le génie. On objectera peut-être qu'il y a beaucoup de chefs-d'œuvre nettement sexualisés, le Torse du Belvédère est tout à fait mâle et la Volupté de Titien tout à fait féminine.

Je répondrai que le Torse et la Volupté représentent des êtres mûrs ; l'androgyne a pour première condition la jeunesse. Il serait inexact et chimérique qu'un homme de cinquante, comme celui du Torse, ou la Volupté qui a dépassé la trentaine, soient systématiquement traités en contradiction avec l'âge. L'histoire nous montre Mérodack à quatre-vingt-dix ans rassemblant encore des armées contre Assour, cette ténacité dépasse l'héroïsme d'un Achille : mais pour l'œil il n'y a pas de vieux héros et les deux grenadiers de Schumann ne nous touchent que par l'évocation de ce qu'ils furent autrefois, de jeunes preneurs de villes.

L'art ne saurait compter sur les cristallisations sentimentales ; sinon *l'ouvreuse* serait le plus étonnant modèle, puisque parfois elle a été belle et aimée, qu'on est mort et qu'on s'est ruiné pour elle. La beauté esthétique ne peut être qu'actuelle, présente, sinon les vieilles gens deviendraient l'unique thème des Beaux-Arts, car ils représentent toujours une somme considérable de souffrances et de déceptions. Il appartient à la littérature d'écrire les amours d'une vieille et d'un perroquet ; cela ne peut pas être peint.

L'art grec est jeune dans son ensemble sauf les personnifications de Zeus, de Poséidon, d'une jeunesse sans âge : et il n'agit point, il se contente d'être.

Les modernes ont dévié de la recherche logique des belles formes, en dramatisant leurs œuvres. Aussi nos générations ne voient-elles plus le spectacle du corps humain et veulent-elles qu'il fasse quelque chose de vif et qu'il illustre un texte pathétique. Quelques critiques se sont aperçus de l'inanité de la peinture d'histoire : ils n'ont pas vu que la sculpture d'histoire continuait le même errement.

Le chef-d'œuvre hellénique représente l'homme dans sa beauté positive, pris à une résolution de mouvement et à peu près toujours au repos, à l'état méditatif. La peinture obéit à d'autres lois, la *Cène*, le *Jugement dernier* sont des drames, l'*Assomption* de Titien est un miracle ; et cependant les plus belles œuvres sont sans action comme l'*École d'Athènes*, la *Joconde* et ces sacrées conversations qui groupent divers saints autour de la Madone.

Une figure a deux raisons d'intéresser parce qu'elle est ou parce qu'elle fait. Or la beauté n'a point à agir pour s'affirmer : saint Georges n'a qu'à paraître, il est saint Georges, comme Jason et Thésée sont eux-mêmes, sans symbole. Être beau c'est être et agir au plus haut point, par le rayonnement ; le mouvement pathétique n'est que pour tenir la place de la beauté pure, soit à cause de l'impuissance de l'artiste, soit à cause de la grossièreté du public. Celui qui ne voit pas dans la forme d'un sein ou d'une cuisse un monde de relativités, peut être lettré comme Erasme, il ne sent pas le beau, il ne le voit même pas. Plus une société devient démocratique, plus les femmes sont femmes et plus les hommes sont hommes, c'est-à-dire laids. La beauté d'un homme, c'est ce qu'il a de féminin, la beauté d'une femme, c'est ce qu'elle a de masculin, dans une proportion informulable, mais conceptible, si on ne perd jamais de vue que la barbe d'un côté et le développement du ventre de l'autre sont incompatibles avec cet idéal corporel.

Des esprits inattentifs ont vu dans l'androgyne le contraire de ce qu'il incarne : ils ont jugé malsaine une recherche qui tend à un effet purement spirituel, à une élévation de la beauté qui défie la concupiscence et ne frappe que l'esprit.

Dans la réalité, tout homme offre une succession de lignes brisées sans agrément et toute femme présente une série de courbes sans style. Le problème plastique sera donc d'arrondir les jointures de l'un et de surbaisser les courbes de l'autre. L'architecture masculine est analogue à l'architrave et la féminine au cintre, supposons que l'androgyne se rapporte à l'ogive. De pareils rapprochements ne peuvent être rigoureux, non plus que le dicton des sculpteurs qui assimile une femme à un œuf ou à un X.

Le point de départ de cette méthode est inconnu. A-t-on virilisé une vierge ou féminisé un jeune homme ? On conçoit aussi bien l'un que l'autre et il importe peu. L'Anthologie nous apprend que Phryné fut la maîtresse de Praxitèle qui lui donnait ses plus belles statues ; et ses plus belles statues étaient des Éros et de jeunes satyres, c'est-à-dire des androgynes. Rapprochez des Apollon et des Diane, plus ils seront de haute époque, plus le frère et la sœur seront semblables : les uns ont une certaine grâce et les autres une certaine force.

L'Androgyne convient à l'enfant de chœur, au premier communiant et ne passe pas l'adolescence : sept années, de 13 à 20, telle est la vie brève de ce miracle : mais un Lohengrin n'a pas d'âge, pas plus qu'un Achille, il est jeune, Chérubin du Mariage de Figaro, après un an ou deux de garnison ne sera plus qu'un grand garçon juanesque, un hardi cavalier sans aucun intérêt esthétique. Ceci est la face voluptueuse du mythe. Certains généraux de la Révolution donnent l'autre, la face Achilléenne.

L'ANGE

En Chine, le dragon paraît avoir été androgyne. Les Hoangs avaient un visage de fille et un corps de serpent. «Une femme à longue barbe a été le principe de nos malheurs». Je ne connais pas assez l'iconographie chinoise pour avoir une opinion, mais les encyclopédies mentionnent toutes que le premier homme fut créé androgyne. Les Sémites sont sans art, à Jérusalem comme à Sidon. L'île de Chypre nous montre un étrange métissage entre le goût phénicien et l'hellénique, entre l'Asie et l'Europe. Même sous les vêtements égyptiens ou assyriens la statuette chypriote a un style à part, de nature érotique; les statues d'un temple d'Idalie qui sont à New-York, celles de Dalili et d'Athiénau, rentrent dans un type gras et efféminé, différent de l'androgyne, mais que les superficiels invoquent afin de calomnier un mythe embarrassant pour les monopolisateurs de la vérité. Le torse de Sarfend qui est au Louvre et le buste d'Amrit manifestent la même effémination, dirais-je, le même vice?

La perversité de l'homme s'est exercée ici comme sur les autres points. Des Oedeschim aux mignons d'Henri III, il y a toute une suite d'antiphysisme qui donne la caricature de l'androgyne et transforme en laideur perverse le plus harmonieux moment de l'humaine nature.

L'androgyne eut son avatar romain dans Antinoüs. L'empereur Hadrien adorait la Grèce et ce culte ne fut pas étranger à sa passion. À cette inspiration, nous devons le Narcisse de Pompéi et les versions romaines de l'éphèbe gras. Le génie réaliste des romains qui n'a créé que dans le domaine civique et dont les aqueducs valent mieux que les temples, qui a su draper les citoyens et non dénuder l'homme, ce génie dont la ruine majeure (Thermes de Caracalla) est un lieu de flânerie et de commodité, ne pouvait pas voir dans le jeune homme autre chose qu'une variante pour la concupiscence.

Malgré les lettres et les arts de la Grèce, l'Empire ne produisit que des copies: sa littérature sans saveur, sa construction sans génie montrent la perfection où on peut atteindre par la volonté sans illumination. Les esprits de Rome n'ont rien dit; ils répétèrent la loi hellénique sans la comprendre, et enfin ne surent rien tirer de leurs fables, souvent fort belles.

Corydon ardebat Alexim: voilà la traduction italique du Symposion[2] lumineux de Platon, en y ajoutant les ordures sodomiques de Pétrone et quelques saletés

---

[2] Titre grec du *Banquet*. (NDE)

de Martial. La Vestale seule se dessine comme un type idéal, dans cette société lourdement positive où il y eut de grands citoyens et peu d'hommes universels, c'est-à-dire que l'humanité puisse adopter comme ses pères spirituels. Le temps est heureusement aboli où l'épithète d'antique désignait indifféremment l'œuvre attique et l'œuvre latine. Nous savons aujourd'hui que les Grecs de la décadence sont les auteurs de toutes les statues romaines.

LE CATHOLICISME

Le Christianisme fut une réaction du génie arya et occidental contre la corruption asiatique. Combien d'empereurs ne furent que des sultans, des hommes stupides, incapables de rien voir, pas même la beauté de la nature, ni de rien comprendre à leur fonction : et le monde eut pour régulateur le pouls fébrile d'hallucinés et de maniaques. Le palais des Césars enferma l'hôte normal d'un cabanon d'aliénés. Après un colossal abus de force et l'affadissement des jouissances, l'occidentalité en péril se jeta dans l'humilité et dans la pénitence. On avait épuisé, gâché, avili les fruits de la terre et l'âme aryaque entonna :

> *Saintes douceurs du ciel*
> *Adorables idées !*

Le ciel chrétien n'est pas fait de nuages au sommet de l'Olympe, c'est une cathédrale où le chant, les instruments, les parfums et les couleurs se combinent pour la joie des élus. Sans doute tous les cœlicoles, vierges, martyres et confesseurs, patriarches et docteurs forment la cour de la Sainte-Trinité ; mais dans ce domaine où la foi seule atteint, nous rencontrerons forcément cette série spirituelle qui fut créée avant nous, êtres intermédiaires, entre le mortel et l'immortel, entre le ciel et nous, passibles en nos corps, impassibles en nos âmes. L'apocryphe d'Henoch, qui raconte le péché des anges, concorde avec la tradition qui veut que la genèse telle que nous l'avons, ne commence qu'à l'histoire de notre planète. Le texte intégral exposait la création des esprits : hypothèse conforme à la logique de l'émanation. Dieu créa d'abord l'être spirituel, assez proche de lui pour le servir : la première créature fut un esprit et il y en eut de diverses espèces.

En sa qualité de cœlicole, l'ange a des ailes significatives de sa sphère ; *missus domini*, il descend pour accomplir sa mission et remonte dès qu'elle est accomplie.

La tête d'enfant ailée que l'on voit dans les tableaux de la décadence et qui a été conçue tardivement, l'enfant de la Vierge de Foligno et de la Madone de Saint-Sixte s'inspirent de la prédilection du public pour le sacré Bambino : l'ange-enfant n'est ni théologique ni plastique.

L'ange éphèbe, adolescent, est l'ange typique, il reste immuablement juvénile.

Quinze ans ! l'âge céleste où l'arbre de la vie
Sous la tiède oasis du désert embaumé
Baigne ses fruits dorés de myrthe et d'ambroisie
Et pour féconder l'air comme un palmier d'Asie
N'a qu'à jeter au vent son voile parfumé.
Cet âge si riche de beauté que son père immortel
De ses phalanges d'or en fit l'âge éternel.

Sans gorge apparente, avec un cou rond et blanc, les bras et quelquefois les jambes nus, les cheveux longs et libres, drapé ou armé, l'ange prend le caractère de sa mission, féminin dans les *Annonciations*, mâle dans les *Héliodore* et le *Jugement dernier*. Rembrandt, qui ne reculait pas devant la réalité, qui peignit la servante quand sa femme fut morte, Rembrandt lui-même invente ses anges (*sacrifice d'Abraham*, *Ange de Tobie* du Louvre) et les fait aussi beaux qu'aucun d'Italie.

Le problème esthétique se posait ainsi : fondre en un seul type le jeune homme et la jeune fille. Qu'est-ce qu'une vierge ? Un jeune homme qui a peu de gorge et des hanches ? Qu'est-ce qu'un adolescent ? Une vierge sans gorge et sans hanches. Le sexe extérieur ne tient essentiellement que dans la poitrine et le bassin. Tout le reste, forme et couleur, se montre commun. Alfred de Musset jeune homme se déguisa en camériste et, pendant toute une soirée, distribua des rafraîchissements dans une maison amie, sans être reconnu.

Je me souviens d'avoir vu une bande de gamins grossiers, hurleurs et pousseurs comme ils sont aujourd'hui et une demi-heure après, en perruques, maillots et tuniques ces gamins représentaient une pièce sacrée, dans un patronage : quelques-uns étaient charmants. Au reste, il importe peu que la réalité fournisse des modèles pour un être qui apparaît incidemment et ne prend corps que par circonstance, qui ne boit, ni ne mange et ne paraît qu'en vainqueur, revêtu de la toute puissance divine.

Invincible, impavide, «visible volonté de dieu», l'ange porte sur lui reflet de l'éternité heureuse. Nous ne nous figurons pas le ciel ? Est-ce un lieu, un état ? De ce lieu viennent parfois des êtres, quittant leur état pour revêtir des corps invisibles : ce ne sont point là corps de hasard, mais choisis et vermeils de la lumière qu'ils enferment. Si on admet que les anges nommés Œlohim nous ont créés à l'image de leur ombre, nous voyons en eux l'état de grâce primitive, et quelle figure peut nous passionner autant ?

La série spirituelle correspond à la série naturelle; l'ange est à l'homme ce que l'homme est à l'animal, pour parler un langage systématique, car, tant pour l'âme que pour le corps, la plupart des hommes sont inférieurs aux animaux et surtout en vertu et en faculté. Quant à la beauté de la bête voilà un sujet de méditation pour le philosophe; si le regard de son chat ne le gêne pas quelque fois, c'est preuve que son imbécillité est irrémédiable.

Nos catégories, légitimes pour la démonstration, se brisent dès qu'on pousse l'examen, fatal effet de la multiplicité des rapports qui modifient sans cesse le point de vue.

Toutefois, le point d'unité synonyme de point de vérité nous engage aux efforts synthétiques et, plastiquement, aucune autre synthèse n'existe que celle de l'androgyne. En outre, on ne saurait exclure la femme de la contemplation artistique; et quoique sa façon d'être artiste ou esthète se manifeste dans ses mœurs et ses modes, il convient que l'œuvre la satisfasse autant que l'homme. Lorsque Gœthe salue le Génie de l'Art, il le décrit d'une phrase: «on te prendrait pour une fille et cependant tu serais en état de leur tourner la tête». Les deux sexes peuvent rêver sans infamie devant la même figure, car elle a un double aspect. Le Saint Michel du Guide aux Capucins de Florence, comme celui de Raphaël au Louvre présentent ce double intérêt: la vierge y verra un fiancé rêvé, et le jeune homme un compagnon idéal. Si l'impression va plus loin que le cœur, l'œuvre sera basse et manquée, comme toutes celles qui s'adressent aux sens.

L'anthropomorphisme reproché aux païens se trouve édicté par le livre de la race prétendue monothéiste, par privilège insigne. L'Éternel fait l'homme à son image. L'image de l'Éternel, qui se la figure?

Ce fameux verset 26 dit tout autre chose:

> *« Et les Œlohim donnèrent à l'être adamique la forme que projette leur ombre et ils le créèrent androgyne*[3]. »

L'homme n'est donc pas même à l'image de l'ange, mais à celle de son ombre. Cette ombre que nous appelons ombre chinoise, la Grèce la donne pour origine du dessin; la fille de Dibutade, potier de Sicyone, entoura d'un trait sur le mur l'ombre de son amant qui partait.

L'être, vierge ou adolescent qui réalise la forme primitive représente certainement la plus grande beauté de notre espèce: et si nous acceptons la théorie de Léonard qui veut que l'âme soit l'auteur du corps, nous concevrons que la

---

[3] Antiquité orientale (p. 234). Mercure de France.

synthèse plastique implique la synthèse animique et que l'androgyne ait une âme particulière où la grâce et la force, où la tendresse et la volonté se marient et dont le signalement serait : «le héros qui pourrait être l'héroïne ou l'héroïne qui pourrait être le héros». Qu'on fasse le tour des conceptions, qu'on interroge les chefs-d'œuvre, qu'on interroge son propre cœur, rien n'égale cet idéal, réellement céleste.

La nature qui veut que le mâle plaise à la femelle lui donne toujours des formes ou des couleurs splendides. Comparez le coq et la poule, le lion et la lionne. Par quel renversement des idées normales sommes-nous venus à considérer que nous avons le droit d'être laids et que la femme incarne la beauté ? Elle lui est inutile, puisque la concupiscence suffit à attirer et à retenir l'homme.

Les cent mille individus qui sortent chaque soir à Paris avec l'idée d'une rencontre sexuelle ne songent pas plus à la beauté qu'à l'Organon d'Aristote, ils cherchent à désirer, et le désir n'emprunte rien à l'esthétique.

Il serait logique que la beauté fût masculine pour compenser l'inégalité des apports dans l'amour. La femme y risque l'honneur, l'enfantement et toutes les conséquences sociales et matérielles qui n'existent pas pour l'homme qui s'honore de séduire et ne joue dans la génération qu'un rôle incident.

La société qui a intérêt à se modeler le plus possible sur la nature, cette société primitive et cosmique, a oublié ce caractère de beauté qui semble l'apanage du mâle qui dès lors, a perdu, avec son prestige, son autorité. L'homme devenu laid, par de successives abdications de formes et de couleurs et quelconque à force d'uniformité a vu son rôle intime décroître. Si on évoque les couples illustres, Pétrarque est plus beau que Laure, Sigismondo Malatesta qu'Isotta, et le marquis d'Avalos que Vittoria Colona.

Aujourd'hui, l'homme impersonnel et inesthétique a les mêmes appétits, sans les moyens d'illusion qui autrefois lui rendaient ses succès faciles et relativement légitimes. L'histoire du costume démontre que jusqu'à la Révolution, le mâle fut dans la société comme il est dans la nature, le plus beau.

A-t-on assez remarqué que les plus belles statues de femmes de l'antiquité sont vêtues, comme la Samothrace, les Victoires du Musée d'Athènes, les Pallas, les Muses. La forme réaliste de la femme est incompatible avec le haut style, et la Vénus de Milo, qui est noble est traitée androgynement.

Les Victoires, Muses, et semblables figures abstraites se retrouvent dans un personnage qui à lui seul figurerait toute l'histoire de l'Art. M. le curé croit qu'un androgyne est un hermaphrodite mais il connaît l'ange pourtant. Chaque jour à la préface il énumère les chœurs bienheureux, et avec eux, il rend grâce au Seigneur.

Qu'est-ce qu'un ange ? Un pur esprit confirmé dans la grâce et dont la volonté se fond avec la volonté divine. La Rédemption commence par une apparition d'ange ; ces célestes esprits forment l'échelle de Jacob et relient le ciel à la terre et l'homme à Dieu. Les Œlohim de la Genèse, littéralement, 'Eux-de-lui', forment l'homme d'après leur ombre portée. N'est-ce pas aisé à comprendre que l'homme soit l'ombre de l'ange ? N'est-ce pas aussi la seule conception qui abolisse la sexualité ? Les vierges sont encore des femmes, l'ange est hors sexe ou constitue un troisième sexe, celui de la spiritualité et de l'éternité. Si on veut bien y réfléchir, l'attrait concupiscentiel, incompatible avec l'idée de paradis, ne disparaîtra que par un changement dans notre intérêt : et comme le parallélisme logiquement s'impose, nous ne cesserons d'être des mâles ou des femelles physiquement que si le sexe disparaît de notre sentimentalité.

Nous ne connaissons pas de formes supérieures à la nôtre, et notre esprit incapable d'en concevoir une différente est contraint d'idéaliser un homme pour faire un Dieu, malgré l'absurdité d'attribuer un aspect organique au Créateur. L'androgynomorphisme n'est pas une façon de concevoir, c'est la seule. Dès que nous voulons préciser un caractère nous l'empruntons à nous-même. L'idée de Père, de l'Ancien des jours nous force à faire de l'Éternel un vieillard, malgré l'insanité de montrer le tout-puissant en un état qui annonce la prochaine et fatale décadence des facultés et des forces. Nul ne s'inquiète de cette invraisemblance d'un Dieu qui a vieilli et qui une fois parvenu à quatre–vingt ans s'immobilise à cet âge pour l'éternité : l'idée de paternité et d'ancienneté l'emporte sur la raison : pour Jésus qui s'est fait homme, l'anthropomorphisme va de soi : mais le Saint-Esprit a pris une forme égyptienne. C'est un oiseau, une colombe, ce qui ne nous empêche pas de nous moquer de l'épervier d'Horus, de l'ibis de Thot, de l'oie d'Amon, du vanneau d'Osiris.

Jéhovah, Zeus, Dieu le père sont des vieillards immortels. Michel-Ange a fait des Sibylles qui seraient des sorcières en plus petit modèle : le Créateur seul a l'aspect de la vieillesse, pour satisfaire à la notion filiale de l'homme. Sans doute Dieu pourrait employer ses élus, ceux qui le servirent en bas dans les épreuves : cependant les intercesseurs sont rarement des mandataires. Dieu mande ses anges à son fils et non ses justes.

Nous ne possédons pas de notions théologiques très précises sur l'angélologie : la dévotion a plus contribué à la physionomie de ces esprits. Les traditions de l'ordre spirituel sont véridiques, sinon en elles-mêmes, du moins comme expression œcuménique du sentiment. Un géologue peut contredire le déluge universel : l'étude lui fournit des lumières, personne n'a le droit de se moquer du péché originel qui correspond à une réalité mystérieuse.

C'est une opinion de marchand de vins de considérer les fables comme de grossières imaginations proposées par des hommes tyranniques à la masse qu'ils voulaient dominer. Aucune croyance ne vit sans une adhésion sincère bien différente de l'obéissance.

Il y a autant de façons de croire que de degrés d'intelligence : il n'y a qu'une façon de nier, celle des sots. Nier suppose une certitude et l'athée n'en a point. Opposer son idée personnelle à l'esprit humain, cela manque vraiment de gaîté, comme plaisanterie. Sans doute, on a le droit de dire que la formule du pape ne satisfait pas et de repousser l'explication, mais nier un fait !

Or les idées permanentes dans l'espèce sont des faits. Dieu et l'âme sont vivants depuis qu'il y a des hommes et alors même que les définitions qu'on a données seraient fausses, la préoccupation universelle témoigne en faveur de ces notions. Celui qui ne reconnaît pas le mystère dans tout ce qui dépasse l'expérience et qui supprime les points d'interrogation posés par les premiers hommes et que poseront encore les derniers, celui-là est stupide : jamais il ne s'expliquera comment le génie suit les mêmes règles aux plus divers climats et comment l'androgyne grec ressuscita sous la forme de l'ange chrétien.

Descendons aux catacombes d'où sortira un nouvel art. Orphée en costume phrygien, et le jeune David et Daniel, le bon pasteur, sont de jeunes hommes en tunique qui illustreraient exactement un texte d'Hésiode. La chasteté des premiers chrétiens écœurés des mœurs sales des Romains devait fatalement se plaire à ces formes épurées de l'androgyne, qui signifient, dans l'héraldique des idées, la croyance à la résurrection primitive, base des mystères orphiques émanés eux-mêmes des temples égyptiens.

Le bon Pasteur du Musée de Latran pourrait passer pour un berger hellénique, c'est l'éphèbe, c'est l'androgyne, l'ange que Dieu envoie pour accomplir ses œuvres. La Vierge remplit l'art de son image et le dogme de son rayonnement, mais sa forme se trouve déterminée par ses actes, elle n'est la Vierge qu'un moment, avant le mystère, sitôt après elle est mère. Sans doute les maîtres ont opéré des merveilles sur ce thème : mais si beau que soit son aspect, il n'est pas mystérieux : bénie entre toutes les femmes, c'est cependant une femme ; l'ange n'a point de sexe, il a celui de ses ailes : étranger à la vie organique, sa bouche ne connaît que le sourire et la parole. Il n'a pas d'âge, et sauf sa subordination, il apparaît plus heureux que les dieux antiques, car il n'a point de passion. Certes, l'artiste rarement a fait le tour de la notion angélique ; il en subit le charme et il l'a reflété de telle sorte que les plus beaux êtres sont forcément des esprits.

Les anges des mosaïques de Ravenne, farouches comme de célestes janissaires, nous les retrouvons tout aussi hiératiques aux côtés de la Vierge de Cimabue.

Avec Giotto, les esprits célestes cessent de ressembler à une garde d'honneur, à une sorte d'escorte divine. Ils atteignent l'apogée de leur signification au Jugement de l'Orcagna. Fra Angelico les verra plus purs qu'aucun autre, et Signorelli presque masculins à Orvieto ; avec Benozzo, ils chanteront le choral de la chapelle Riccardi, avec Lippi, ils orneront le couronnement de la Vierge, avec Botticelli, ils conduiront le fils de Tobie, avec Filippino, ils délivreront saint Pierre, toujours différents, toujours beaux, toujours androgynes.

L'art italien, à l'instar de l'art grec, a mis tout son effort à réaliser le type juvénile. Quelle liste démesurée celle où on citerait les tableaux illustres où l'ange l'emporte en beauté sur le Christ et la Madone. Depuis Assise jusqu'à Pise, depuis Florence jusqu'à Venise ; l'abondance des exemples est telle qu'elle décourage l'énumération, surtout si on voulait aussi compter les anges de la sculpture.

Il est vrai que dans cet art, nous n'avons pas à nous agenouiller devant l'Italie et que les anges de France égalent, s'ils ne dépassent, ceux qu'a produits le ciseau italien. Nos bas-reliefs sont remplis de figures admirables où l'originalité et le style se combinent, avec une variété incroyable : nos sculpteurs sont partis, comme ceux d'Italie, du débris romain, du sarcophage chrétien, mais l'époque romaine, trop influencée par ces débris n'atteint pas à la subtilité de Bourges, de Strasbourg et en général de l'Ile-de-France.

Nos sculpteurs du moyen âge ne connaissaient ni la théorie de l'androgyne, ni le canon de Polyclète ; par la logique du génie, ils résolurent le problème de la beauté plastique comme les Grecs et comme plus tard les Renaissants.

L'ange ne résulte que de la fusion des sexes et cette fusion des formes est commandée par la fusion des attributs.

Sauf saint Michel plus spécialement capitaine céleste, les autres cœlicoles sont à la fois chevaliers et mandataires, ils combattent, ils consolent ; pour les justes ce sont des aînés pleins de tendresse, pour les pervers des gendarmes surnaturels.

Songe-t-on à l'inconvenance qu'il y aurait à ce qu'un jeune homme vint annoncer à Marie qu'elle va enfanter ; et voit-on une vierge dans cet office ? Il faut nécessairement que le sexe du messager disparaisse.

Les sonneurs de trompettes d'Orvieto, farouches, et la chevelure crêpelée, presque diaboliques et les gentils buccinateurs de Fra Angelico ne se ressemblent guère, non plus que les jeunes hommes tourbillonnant en haut du Jugement dernier autour des instruments de la passion qu'ils portent avec un vertige de fureur ne sont pareils aux délicieux éphèbes de Corrège qui entraînent la Vierge dans leur ronde enivrée. Partout l'ange relie le ciel à la terre et l'homme à Dieu ; sa radieuse apparition est la seule preuve du paradis ; il témoigne de l'au-delà comme l'étoile témoigne du cosmos, et comme l'étoile il brille, point scintillant dans le mystère. L'androgyne grec ravi aux sphères éternelles, plane au-dessus de ce monde et remplit la vaste étendue qui sépare le mortel de l'immortel.

Au treizième siècle, la robe se marie à l'armure. La tunique fleur de lysée de saint Louis s'ouvre sur le réseau de mailles. Imaginez un jeune chevaler à peu près imberbe et aux longs cheveux, et voyez l'androgynisme qui résulte de cette robe et de cette armure : le Lohengrin du second acte ne donne-t-il pas cette impression ambiguë ?

Quoique l'art n'ait pas su s'en inspirer encore, l'incomparable Pucelle ne donne-t-elle pas la vision la plus réelle de l'ange : cette vierge qui traverse comme une salamandre l'horreur des camps, qui séduit, convainc, entraîne le roi, les gens de cour, les théologastres et le manant, et mène notre pays au salut par le surnaturel, en projetant sur les imaginations la lumière si pure qu'elle contient.

C'est grande pitié qu'un Voltaire ait écrit son odieuse rimaille et que cet admirateur de Massillon et de Racine ait été aveugle devant la beauté de la bonne Lorraine, jusqu'à la choisir pour prétexte aux plus grossiers propos : acte de chien qui ne distingue pas la statue de la borne, l'auge à porcs du Saint-Graal.

C'est grand étonnement aussi que l'art n'ait fait que des petites filles, paysannes ou actrices en jupe de laine ou en armure et que cette sublime figure n'ait inspiré que des bronzes pour pendules ou presse-papiers. À cela une seule cause, l'ignorance du grand secret plastique. Pour tout le monde Jeanne d'Arc est une femme, quoiqu'elle soit morte à dix-neuf ans, quoique sa vie de héros l'ait amenée à la volonté et à l'action la plus violente. Erreur incroyable. Animiquement, Jeanne d'Arc était un ange et physiquement un androgyne.

Il a fallu le culte patriotique pour que le mot de pucelle sortît du domaine égrillard ; le masculin reste parmi les termes légers et badins. Cela tient sans doute à une pudeur de langue qui répugne aux précisions physiques. Cependant le puceau serait un bon synonyme d'androgyne, exprimant l'état floral du corps et la pureté de l'âme.

Cette partie des chansons de geste qu'on appelle les enfances et qui raconte la vocation et les premiers traits de chevaliers exalte le type du puceau héroïque. Sil fallait mettre à la scène Aymerillot, ce n'est pas un homme, ni une femme qui pourrait dire :

> *Deux liards couvriraient fort bien toutes mes terres*
> *Mais tout le grand ciel bleu n'emplirait pas mon cœur.*

Cet Aymerillot qui a la grâce d'une vierge, qui sourit sous de longs cheveux, le lendemain prit Narbonne. Si Parsifal au premier acte n'était joué à l'allemande, ce serait un type accompli de l'androgyne. Qui a vu Madame Caron dans «Fidelio» comprendra l'existence idéale d'un troisième sexe, en n'oubliant pas que son existence est la plus brève, que c'est moins une espèce qu'un état transitoire, un passage prestigieux qu'on observe également chez le jeune homme et chez la jeune fille, quand le premier répond à l'épithète poétique et la seconde à la qualification héroïque : car l'androgyne qui tient tant de place, dans la figuration sacrée domine encore de sa grâce irrésistible, le domaine profane et romanesque.

Notre art du moyen âge ne s'est pas développé en fresques comme en Italie, il a illustré les baies des églises et nos primitifs furent des peintres verriers. À moins de fortes jumelles et d'un effort physique cet immense effort du vitrail échappe à l'admiration : et c'est là cependant que l'angélologie déroule ses hiérarchies, groupe ses chœurs, danse ses rondes ; et que pullule l'ange musicien, car la musique semble l'art paradisiaque.

Le Chérubin doré ne parle pas, il chante.

Si je ne craignais de me heurter à l'entendement primaire qui s'impose despotiquement au domaine esthétique, j'en appellerais au souvenir de ceux qui entendirent Mustapha et ses émules. Le contralto qu'on a nommé l'herma-phrodite de la voix n'a aucun rapport avec l'accent surnaturel des anciens soprani romains. Leur timbre ne ressemble qu'à lui-même, soupir ou sanglot de vierge et cri de héros : c'est tour à tour Roland défiant Olivier ou la chanson de la belle Aude.

Les questions de qualité ne sont jamais évidentes comme celles de la quantité ; pour les comprendre il faut une disposition mentale. Les esprits égaux devant l'arithmétique cessent de l'être, au domaine subtil de la sensibilité. Malgré que le génie soit un phénomène individuel, certaines familles humaines présentent des potentialités ou des lacunes décisives. Il y a un génie des points cardinaux et un autre des races et rarement l'individu se trouve les contredire. Le mouvement de l'humanité, incontestablement, s'est produit d'Orient en Occident.

L'art du Nord ne s'est jamais élevé jusqu'à la représentation de l'androgyne. On n'en trouve pas trace dans l'œuvre de Dürer, on l'aperçoit à peine chez les Flamands : le Saint Jean de Roger Van der Veyden, moins lourd que les autres personnages, n'atteint pas à la beauté. Les Flandres, par miracle de la foi, eurent leurs anges gothiques, aux figures rondes, aux robes trop grandes et trop cassées de plis compliqués et contradictoires à la forme corporelle : des Van Eyck et de Memling aux maîtres rhénans, à Zeitblom comme à Grunewald, la grâce manque à l'art comme à la race.

L'Extrême Midi n'a jamais songé ni à cet idéal plastique, ni à un autre ; nous voyons en Espagne, le sentiment pathétique de notre quatorzième siècle exprimé avec les procédés décadents du dix-septième siècle : et la scène de martyre si touchante chez les primitifs français et italiens, devient répugnante avec les puissants procédés réalistes d'un Ribera. À la dernière exposition universelle on a vu des tapisseries mystiques d'un style fort supérieur aux peintures connues de la péninsule. Nous connaissons mal Antonio del Rincon et autres primitifs. Tardif, puisqu'il resplendit encore trois siècles après l'Italie et la France, le sentiment espagnol se trouve en possession d'un procédé trop positif pour bien rendre le surnaturel ; et « la cuisine des anges » ne produit aucun effet parce que les légumes sont trop vrais et les anges trop terrestres. C'est un effet de la foi que cette façon simple de traiter le sacré, mais contradictoire à la beauté. Elle manque totalement aux infantes et en général à toutes les femmes représentées. Il faut une opération d'ordre philosophique pour tirer du modèle un parti systématique et aucun des maîtres espagnols ne travaille que sous l'impulsion de la sensibilité, cela aboutit à des saints et à des gentilshommes, les uns d'une incroyable extase, les autres d'une étonnante fierté. Le salut et le point d'honneur sont des idéalités morales qui ne manifestent pas l'expression, plutôt que par les formes : car le saint se développe en émaciant les traits, en les subordonnant à l'âme ; le Greco porte à l'excès, ce parti ; et le *puncto d'honore*, Corneille a pu nous le montrer chez un vieillard, Don Diègue. Chaque fois que la recherche porte sur l'impression, elle abandonne la beauté pure.

Sans doute Léonard a fait la Bataille, a projeté un Déluge et sa Cène est une tragédie : mais ne s'est-il pas révélé par l'ange du Baptême de Verrochio et n'a-t-il pas terminé sa carrière par ce S. Jean-Baptiste du Louvre, androgyne incomparable, plus énigmatique que le grand sphinx. Ce n'est pas le mangeur de sauterelles mais un ange « très savant » comme dit Baudelaire, qui a pris la peau de chèvre et qui vient nous éblouir de son regard d'une coquetterie surhumaine.

On aime l'androgyne, mais à moins d'être de la race de Méphistophélès, on ne le désire pas au sens possessif. Le vieux diable prussien ne voit que les reins des cohortes célestes ; c'est là sa façon de sentir l'immatérialité ; il ravale la beauté du ciel à un frisson de Sodome. En art, ce cuistre est homosexuel et son œil déforme la pure vision en image lascive, conception diabolique et vile par conséquent.

On dirait qu'il n'y a qu'un poème, qu'un roman et qu'un drame, à voir l'amour remplir de ses accents, de ses descriptions et de ses cris toute la littérature. En vain Pascal et Bossuet, nos plus grands écrivains traitent d'autres matières, en vain Racine fait son chef-d'œuvre d'une pièce où l'on n'aime point, l'amour reste maître des arts parce qu'il pose la formule synthétique du bonheur et que ce problème seul passionne la totalité des êtres. Or le type le plus aimable qui soit pour des civilisés, c'est l'androgyne ou l'ange selon que l'on parle grec ou chrétien. Ce type spiritualise tout, même le bal de l'Opéra, même la lithographie de Gavarni ou la Débardeuse semble une gamine, selon Platon.

La femme grasse, un peu lourde des Vénitiens paraît animale dans les tableaux sacrés à côté de Saint Sébastien au torse roux, à côté de saint Georges armé de toutes pièces. Ce n'est pas quelques exemples qu'il faudrait citer, mais tout l'art italien. La légende de sainte Ursule de Carpaccio met en présence des androgynes et des vierges, et l'archer qui tire sur la sainte l'efface, par son charme.

Mantegna, l'admirable maître, dans son tableau du Louvre où Mars et Vénus assistent à la danse des Muses, a mis son génie dans le Mercure de droite, comme dans la Madone de la Victoire; il a exalté la beauté de son saint Georges; et sans fin, au parcours des Pinacothèques, on trouverait toujours triomphant en sa beauté le puceau, l'androgyne, céleste ou terrestre, qui dans la langue lourde de la philosophie s'appelle synthèse et qui n'a pas de nom pour l'imagination, puisque c'est la formule du mystère des formes vivantes.

Le beau Caloandre du génois Marini (qu'il ne faut pas confondre avec le cavalier Marini) a pour compagnon d'aventure la princesse Léonide et ce couple est tellement jeune et beau que Caloandre peut se laisser enlever à la place de Léonide et que Léonide peut se substituer à Caloandre. Boileau s'écrie:

Et toi rebut du peuple, inconnu Caloandre.

Il ne l'a pas lu, ou n'a rien compris à ce vieux poème byzantin plus ou moins bien rajeuni, mais d'une idéalité auprès de laquelle, l'auteur du *Lutrin* semble un dérisoire écrivain. La forme seule sauve la conception: mais la génération qui se plaît à cette fable plastique éblouissante en sait plus long que Boileau enfermé dans son goût comme une tortue dans sa carapace. Chevalier de la lune et chevalier du soleil ont perdu leur prestige pour des générations lectrices de l'*Assommoir*: mais pour ceux qui ne se désaltèrent pas avec du vin bleu, l'idée d'une vierge capable de porter le casque et la lance et celle d'un héros qui peut passer pour une princesse, reste la vision la plus belle et la plus pure de l'espèce humaine.

Cette hésitation pour le sexe irrite et scandalise les esprits rudimentaires et ils l'abominent comme un départ de vice, alors qu'elle vaut au contraire pour la moralité qui en résulte.

L'admiration purifie le désir et le transpose en clef mentale: il faut être malade pour sentir érotiquement une œuvre d'art, si elle est belle. Aucun voile ne cache tant la chair que la beauté ; être beau c'est appartenir à un troisième sexe, impassible, intangible. Aux vitrines, vous ne verrez point un antique parmi les petites femmes enchiffonnées ; le passant n'a point affaire d'une déesse mais bien d'une gouge.

Plus un être est beau, plus il s'élève au-dessus des sens qui ne sont pas juges d'une idéalité. Tomber sous le sens a bien son sens littéral, quand il s'agit d'art. Un degré plus élevé s'adresse à l'affectivité et agit pathétiquement ; mais le plus haut point d'action est assurément la spiritualité ou de l'idée pure.

Le dramatisme d'un Michel-Ange, d'un Tintoret, d'un Rembrandt, si intensément qu'il agisse, ne mérite pas la même louange que la calme Joconde qui ne représente rien, mais qui offre un miroir au contemplateur où il découvrira son propre reflet.

L'androgyne nous transporte hors du temps et du lieu, hors des passions, dans le domaine des Archétypes, le plus haut où atteigne notre pensée.

La zone transcendante de la spéculation se confond avec le ciel religieux : recherche ou croyance se coudoient pour la même montée vers la cause, et il n'y a pas loin du vrai philosophe au mystique.

Peut-on se proposer un thème plus élevé que de corporiser l'invisible et livrer aux yeux ce que l'esprit seul aurait vu, sans l'application du génie à trouver les formes de nos idées. Combien de siècles a-t-il fallu pour que la doctrine blasonnée sous les traits du sphinx revêtît sa forme parfaite ? L'âme chrétienne s'involuant dans le corps du penthalte d'Olympie, quel subtil assemblage ! et bien digne de nos méditations ! car le triomphe de l'expérience historique a l'Égypte et la Grèce pour bases et le christianisme pour sommet.

La Renaissance a vu le banquier Altoviti, Raphaël lui-même, le Léonard de l'atelier du Verrochio, Pic de la Mirandole, beaux comme des anges. Nous n'avons qu'un dessin de Léonard fait par un élève ; le maître y paraît vieux : mais Raphaël, que lui manque-t-il pour paraître un ange, voire une madone du Pérugin ? Et cependant si la faculté créatrice est bien le symptôme masculin par excellence, le jeune homme des *Chambres* du Vatican est aussi fécond et puissant que Michel-Ange. Comparez Raphaël à la Fornarina ou à la dame au voile (probablement la nièce du cardinal Bibiena que le peintre devait épouser) : comparez-le à sa Psyché de la Farnésine, certes il est plus beau que ses modèles, plus beau que ses personnages parce qu'il est androgyne. Il a la douceur des traits, le col d'une femme, il séduit au point, qu'un Léon X ébloui ne voit plus la transcendance d'un Léonard : exception sans doute, moins qu'on ne croirait.

Les effigies se font au moment de la consécration d'un homme : nous avons un Sophocle de soixante ans et non l'éphèbe qui dansa nu le péan de Salamine.

Tout le monde a connu de jeunes poètes qui pendant un an ou deux furent beaux.

L'androgyne est bien la fleur de l'humanité, et quelle que soit la noblesse de son fruit, pour l'admirer, on choisira toujours cet état incomparable qui termine la croissance sans atteindre la fructification. Au reste les œuvres témoignent en faveur de la thèse, d'âge en âge, de maître en maître, toute l'histoire de l'art constitue un immense exemple de la constance, souvent inconsciente des artistes, qui, par la logique immanente de leur vocation ont contrepointé ce thème unique, avec une inlassable invention.

Le dix-huitième siècle échappe, ce semble au reproche de symbolisme : ses allégories superficielles et claires n'illustrent aucun texte et la petite femme prend alors l'importance qu'elle ne perdra plus. Et cependant comparez les pèlerins aux pèlerines dans l'Embarquement pour Cythère ; comme ils l'emportent sur leurs amoureuses, comme l'indifférent de la Galerie Lacaze surpasse son pendant la petite Musicienne, comme le Gilles domine sur les conversations galantes. Ce siècle de grâce et d'inconscience ne se figurerait ni par un philosophe, ni par une caillette et quand on veut nous le montrer, il faut un travesti, parce que le type décisif (paroles de Beaumarchais et musique de Mozart) le type vraiment historique, c'est Chérubin, le page délicieux, le moderne Euphorion, qui périra sur l'échafaud avec prestance et esprit. En lui mourront non seulement la monarchie et la noblesse, mais le génie aristocratique dont Platon fut le merveilleux théoricien.

Au point de vue synthétique, les arts ne forment qu'un seul ensemble et quoique nous ne possédions pas d'ouvrages donnant la figure de Chérubin, nous en saisissons au théâtre tous les traits, comme la truculence de Robert Macaire contient la prophétie du député et du régime démocratique.

Car il faut entendre qu'il n'y a jamais eu nulle part que trois régimes en dehors de la monarchie, Aristocratie, Emporocratie et Ploutocratie ; et que le règne du peuple n'est rien que l'avènement de la pièce de cent sous comme hostie nationale. Un État dans lequel on ne peut être pauvre sans déshonneur est perdu pour l'art.

Car il a ses lois, comme la nature ; elles agissent à l'insu de l'artiste. Carpeau n'a jamais su pourquoi son génie de la danse était un androgyne, non plus que Paul Dubois son chanteur florentin ; le *Saint Symphorien* d'Ingres est beau comme une femme et l'ange qui lutte avec Jacob et les autres qui fondent sur Héliodore montrent la même voie chez Delacroix. L'androgyne traverse l'œuvre de Gustave Moreau et celle des pré-raphaélites. Chez Rosetti et Burne Jones, par conséquence du traditionalisme et aussi par le caractère anglais, essentiellement aristocratique, il se retrouve.

À l'emploi de ce mot, on conclut à un jugement dédaigneux du peuple : l'on se trompe. La véritable aristocratie n'a qu'une bête noire, la bourgeoisie : le peuple, dès qu'il peut choisir a le goût de l'idéal ; il n'y a que lui qui se plaise encore aux drames, qui seuls au théâtre manifestent la morale et l'héroïsme. Il a le goût du travesti, forme dernière de l'androgyne, qui survit à la conception sacrée des initiations antiques.

La combinaison de deux termes en produit un troisième, formé des deux premiers : voilà la formule ridicule et exacte de la science proprement dite.

L'idéal du corps humain résulte de la fusion de la pucelle et du puceau à leur période florale ; voilà la formule lumineuse et précise de l'esthétique.

Et l'androgyne est vraiment l'Archétype.

HYMNE
À L'ANDROGYNE

On permettra à l'auteur de se souvenir qu'il a chanté l'androgyne, avant d'en ébaucher l'histoire plastique.

Le roman où se trouve l'hymne suivant (« L'Androgyne », dixième roman de l'éthopée) est du reste introuvable et chacun sait que l'expression lyrique l'emporte sur les plus subtils commentaires, quelquefois du moins.

I

Éphèbe aux petits os, au peu de chair, mélange de force qui viendra et de grâce qui fuit. O moment indécis du corps comme de l'âme, nuance délicate, intervalle imperçu de musique plastique, sexe suprême, mode troisième!

Los a toi!

Vierge au bras mince, au peu de gorge, illusion de force qui se joue, cachée dedans la grâce; heure vague du corps et point confus de l'âme; hésitante couleur, accord enharmonique, héros et nymphe, apogée de la forme, la seule conceptible au monde des esprits.

Los à toi!

II

Jeune homme aux longs cheveux et presque désirable, que le désir n'a pas encore touché; imberbe inconscient des occasions prochaines. Peut-être de fierté? Peut-être de souillure? escolier écoutant les voix de l'insomnie, mauvais garçon ou clerc, et futur chevalier de Malte ou des Meschines!

Los à toi!

Jeune fille aux courts cheveux et presque jouvenceau, dont le cœur n'est pas orienté, bouton encore fermé des floraisons charnelles. Peut-être de péché? Peut-être de vertu? bachelette épelant la vie dans la chanson du vent, truande ou damoiselle et bientôt consacrée à Marie ou Vénus.

Los à toi!

III

Puceau, prestige incomparable, seule grâce plénière, délicieux inédit, poème retenu; sur le vélin du cœur, pas un nom ne s'inscrit; sur le vélin du corps, pas une trace rose; chair qui n'a pas faibli, esprit encore planant, alabaster d'où rien ne s'évapore.

Los à toi!

Pucelle, diamant impérial parmi toutes les gemmes de féminité, ornement qui défie en sa comparaison les célestes couronnes: les membres précieux ignorent toute étreinte et tes nerfs n'ont subi, cordes sentimentales, aucun doigt dissonant, viole où l'harmonie dort entière, clavecin de silence.

Los à toi!

IV

Homme qui charmes et demain œuvreras, Siegfried qui s'ignore, Chérubin s'éveillant et page d'aujourd'hui, écuyer de demain, baschelier étonné et musant au bord de l'adolescence ; premier duvet aux lèvres et premier trouble au cœur ; joli balbutieur qui découvre un cou nu, blanc comme un bras de femme !

Los à toi !

Femme qui penses et demain aimeras, c'est Desdémone qui s'ignore et Juliette avant le bal ; effort de réflexion aboutissant au rêve ; Pandore curieuse qui demande à la lune d'éclairer le désir tapi à l'ombre se son cœur, Bradamante ingénue qui s'endort parmi ses tresses longues et semble Endymion au corps vermeil et fier !

Los à toi !

V

Sexe très pur et qui meurs aux caresses ;
Sexe très saint et seul au ciel monté ;
Sexe très beau et qui nies la parèdre ;
Sexe très noble et qui défies la chair ;
Sexe irréel que quelques-uns traversent comme autrefois Adamah en Éden ;
Sexe impossible à l'extase terrestre ! Los à toi qui n'existes pas !
Sexte très doux et dont la vue console l'esseulé ;
Sexe très calme et qui endort les nerfs en quête ;
Sexe très tendre et qui émanes du plaisir pur ;
Sexe très caressant qui nous baise à l'âme ;
Sexe très enivrant et qui nous mènes en haut ;
Sexe très charitable qui nous donne nos rêves ;
Sexe de Jeanne d'Arc et sexe du miracle ! Los à toi !

VI

Tu t'appelais jadis Adonis ou Tammuz. Avant Mozart tu fus Alcibiade : chrysalide idéale d'où jaillirent les anges et d'où les hommes tombent au viril inférieur, aux mâletés des larves. O forme si parfaite que Dieu l'a consacrée comme le vêtement de l'éternelle fête !

Los à toi !

Tu t'appelais pour Platon, Diotime ; Sapho, Hypathia, abbesse de Gandersheim, Hrotsvitha, te désignaient, Polynime, dont la gloire est formée par le prisme complet des nuances mortelles, éclairées de pérennité.

O grâce si sereine que Dante a pu, par trois élans, monter aux nues. O dame de beauté, de sagesse et de gloire, Walkyrie du Walhala chrétien! ô Béatrice! Los à toi!

VII

Éros intangible, Éros uranien, pour les hommes grossiers des époques morales tu n'es plus qu'un péché infâme; on t'appelle Sodome, céleste contempteur de toute volupté. C'est le besoin des siècles hypocrites d'accuser la Beauté, cette lumière vive, de la ténèbre aux cœurs vils contenue. Garde ton masque monstrueux qui te défend du profane!

Los à toi!

Anteros, ô guérisseur des banales tendresses, alchimiste puissant du désir imparfait, Athanor du grand œuvre dans le monde des âmes: c'est ton destin qui veut tes erreurs passagères, les fécondes erreurs d'où dégangué tu montes au devenir sublime, parmi l'étonnement curieux des agnostes!

Los à toi!

VIII

Anges de Signorelli, Saint Jean de Léonard, punisseur de l'Eden et coupable d'Ereck, messager du mystère et moyen du miracle, céleste ambassadeur, tu es le point suprême où notre exil de matière peut concevoir l'esprit; tu es la visibilité où la Norme céleste peut se manifester à la prière.

Los à toi!

Vrais anges du vrai ciel, brûlants Séraphs et Kerubs abstracteurs, tenants des trônes de Iavhé, Seigneurie et essence Déiforme! Prince du Septenaire, qui tour à tour commandes et obéis. O sexe initial, sexe définitif, absolu de l'amour, absolu de la forme, sexe qui nies le sexe, sexe d'éternité!

Los à toi, Androgyne!

Table des matières